閱讀123

國家圖書館出版品預行編目資料

找不到校長／岑澎維文；林小杯圖
-- 第二版 . -- 臺北市：親子天下，2017.07
192 面；14.8x21 公分 . --（閱讀 123 系列）
ISBN 978-986-94983-0-2 （平裝）
859.6 106009315

閱讀 123 系列 —— 48

找不到系列 3

找不到校長

作者｜岑澎維
繪者｜林小杯

責任編輯｜蔡珮瑤
封面設計｜林小杯、蕭雅慧
行銷企劃｜王予農、林思妤

天下雜誌群創辦人｜殷允芃
董事長兼執行長｜何琦瑜
兒童產品事業群
副總經理｜林彥傑
總編輯｜林欣靜
主編｜陳毓書
版權主任｜何晨瑋、黃微真

出版者｜親子天下股份有限公司
地址｜台北市 104 建國北路一段 96 號 4 樓
電話｜（02）2509-2800 傳真｜（02）2509-2462
網址｜www.parenting.com.tw
讀者服務專線｜（02）2662-0332 週一～週五：09:00~17:30
讀者服務傳真｜（02）2662-6048 客服信箱｜parenting@cw.com.tw
法律顧問｜台英國際商務法律事務所．羅明通律師
製版印刷｜中原造像股份有限公司
總經銷｜大和圖書有限公司 電話：（02）8990-2588

出版日期｜2013 年 10 月第一版第一次印行
2022 年 9 月第二版第十三次印行
定價｜280 元 書號｜BKKCD071P
ISBN ｜978-986-94983-0-2（平裝）

找不到校長

文/岑澎維
圖/林小杯

前情提要

來看找不到校長

找不到山上的清晨，濃霧還沒有散去，快刀黑燕阿姨在濃霧裡，輕輕的磨剪刀。每天，她都用暢快的手法，剪出最令人受不了的造型，所以她需要一把輕快的剪刀。她還是沒有裝上鏡子，這樣她才能盡情發揮，沒有阻礙。

代代相傳的百年中藥店裡，老闆父子倆正在盡情的工作：一個抓藥、一個搥藥，一個切藥、一個包藥。運動會快到了，「聲音藥」和「長高藥」賣得嚇嚇叫。

眼鏡鋪的王老闆，一早就在濃霧裡採薄荷，他的「冰晶眼鏡」紅到山底下去了，考試季節一到，訂製「冰晶眼鏡」的媽媽特別多。

「呦——呼！早啊，王老闆！」

王老闆抬起頭來，那是老周叔叔在打招呼，他正駕著木桶飛船，要把小朋友送進找不到國小。

清晨，走進找不到國小，高大的摩天圖書館，帶著小朋友不停的往上攀升，沉浸在書本裡的找不到小朋友，沒有人往外看，只想趕緊看完這一頁、翻到下一頁。

福利社裡的絕不找錢阿姨，正耐心的熬煮紅茶，紅茶的香氣飄進摩天圖書館，小朋友百喝不厭的「奶粉加紅茶」，就是她最得意的傑作。很多遊客慕名而來，但都被拒絕在懸崖外，因為體重太重不能過來。

古董爺爺一臉專注，他在為找不到國小的小朋友修理桌椅，這些桌子、椅子，在他調整之後，都端端正正的站好了。

暑假山谷的大門上，那張「整修內部，請勿打擾」的告示，像衛兵一樣的盡責，日日夜夜守著暑假山谷，不讓人進去。

這是清晨的找不到國小，寧靜平和，每個人都有每個人的工作。

找不到校長呢？

大家都知道，找不到國小來了一位全新的校長，要看新校長，記得要在濃霧圍繞的清晨。

陽光剛剛穿透找不到山，為濃霧染上七彩金光，找不到校長在七彩金光包圍下，顯得又神祕、又威風、又夢幻。

迷濛的金光之中，升旗典禮即將開始。不要站得太遠、不要心不在焉，全新的找不到校長，馬上就要出現！

目錄

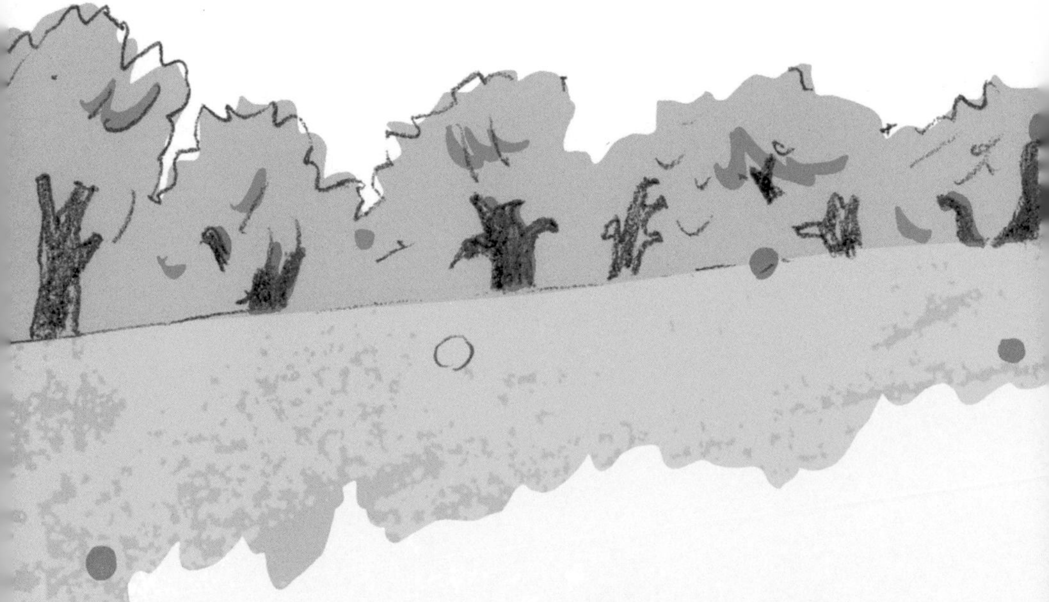

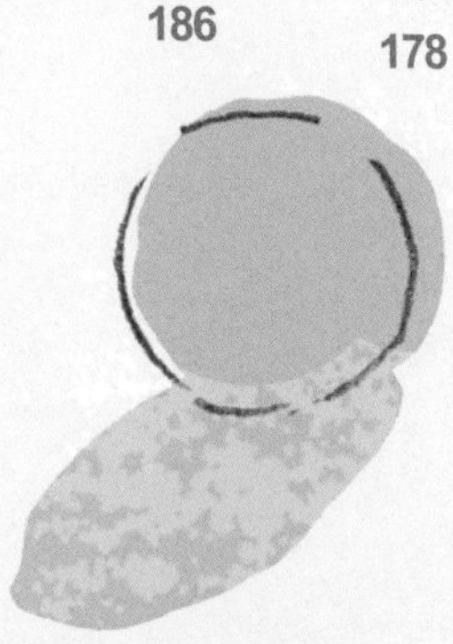

1 全新的校長

——校長無所不在，只是沒有人認得出來。

雲霧繚繞的找不到國小，這一年來了一位新的校長。

濃霧包圍著全新的校長，像是一件厚重的羽絨衣，在撥也撥不開的模糊裡，全新的校長和過去「看不見的校長」一樣，外貌迷離不明、高矮模糊不清、胖瘦看法不一。誰也說不清楚，全新的校長到底有多新？

只知道，濃霧團裡，換了一個聲音。雖然他一樣會把「發生」說成「花生」，會把「許願」說成「喜宴」，也會在話說得太快的時候，滑一跤，弄亂幾個字，「我馬上打電話……」立刻變成「我『馬達』上電話……」，但是，這都沒有關係。

沒有人會注意，也完全沒有減少找不到校長的威

力。霧很濃，全新的聲音在濃霧裡悶藏之後，衝破濃霧再散發出來，就像重新出土的寶劍那樣，帶著閃耀的光芒和無比的銳氣，隱藏一股巨大的力量在裡面。

被濃霧團團圍住的找不到校長，依然讓人看不清楚，但是每個找不到國小的小朋友還是想知道，校長究竟長得什麼模樣。

「校長到哪裡去了？」

一年級的小朋友會掀開校長室的桌巾看一看，看看校長是不是躲在桌子底下，和他們玩躲貓貓。但是，桌巾裡面只有四支乾乾淨淨的桌子腳。

二年級的小朋友會彎下腰來，從廁所門下的縫隙，往裡面看看有沒有校長的腳，校長一定有一雙又大又長的腳，和小朋友的腳完全不一樣。

三年級的小朋友比較聰明，他們站到最高的地方，大喊一聲：「校長！」

但是聽到的，只有山谷的回音：「校長」、「校長」、「校長」……，依然沒有看到校長的身影。

四年級的小朋友怎麼找校長的呢？

他們才不找校長呢！玩的時間都不夠了，怎麼會去找校長？他們已經玩了三年「找校長」這個遊戲，好不容易升上四年級，他們再也不玩這個遊戲了。

五年級的小朋友終於能搶到球場，有了球場，下課愈來愈忙，沒有時間找校長。六年級的小朋友，偶爾還會裝一裝自己就是校長，哄一哄低年級的小小朋友。

「校長究竟到哪裡去了？」這個問題依然像過去一樣，成為一團謎，飄散在找不到國小裡。

如果你清晨六點在找不到山迂迴的山路上，看見一部閃著燈光的單車，單車上戴著安全帽的人，就是找不到校長。

在籃球場上，那個投籃最準、抄球最猛的人，也是找不到校長。

還有還有，每天在操場邊修剪樹枝、拔草施肥的人，也是找不到校長。

下課時間，找不到校長比任何人都忙。有時候忙著

和小朋友搶遊戲器材、忙著比任何一個小朋友更早到球場，還要忙著了解各種遊戲怎麼玩。

他會在秋千上，和小朋友比比看誰盪得高，這樣他才知道，秋千的鐵鍊牢不牢。

他也常常坐在翹翹板的一邊，和三個小朋友比比看，誰能壓得下對方。這樣，他才知道，翹翹板的木板有沒有被蟲蛀掉、螺絲有沒有鬆掉、軸承有沒有鏽掉。好在小朋友上課的時候，為這些器材添加潤滑油。

校長還會和小朋友玩捉迷藏，可惜他每次都躲得太好，沒有人找得到。也根本沒有人知道，那個一直找不到的人，就是校長。

躲得太久的校長，只好自己跑出來，捉迷藏的小朋友，早就回到教室去念書了。

找不到校長乖乖回到校長室，靜靜聽著讀書聲從四

面八方傳來，靜靜的等待下課鐘聲再來。

校長無所不在，只是玩起來，誰也忘了問他是誰。

每節下課鐘聲一響，找不到校長一定第一個奔向戶外，他是全校最早下課的人！

2 上學的時間
——睡得飽，才能長得高！

深冬的清晨，濃霧從四面八方湧來，找不到山上，霧氣像一碗綿密又結實的刨冰，塞滿整個找不到國小。

直到太陽慢悠悠的翻過山崗，

像一匙金黃濃稠的蜜糖水澆上山嶺，滑進找不到國小的操場時，刨冰一樣的濃霧，才漸漸融去。

十點，天色已經透明，找不到國小裡，仍然一個人也沒有。校犬來祿獨自在操場上，抱著金黃色的陽光，沉浸在夢鄉。

牠休息夠久了，太陽出來之後，還要等很久很久，才能見到小朋友。天氣太冷、霧氣太濃，沒有人這麼早到學校來。

不是星期天，也不是放假日，太陽已經灑滿整片操場，學校仍然一個人也沒有。

沒有錯，這是找不到校長的新措施。

「健康，是一切的基礎，沒有了健康，一切都是空談。」

要健康，就要從睡個飽覺開始。

「上學的時間，不可以太早。」

「睡飽才能長得高，睡飽才能記得牢！」

找不到校長大力提倡：

要睡飽！

所以找不到國小裡，不管是老師還是小朋友，每天第一件事，就是「要睡飽」！

睡到太陽把操場曬得暖呼呼了、睡到鐘聲孤單的響十次了、睡到每個人的精神，都像充飽氣

的氣球一樣，再不爆炸不行了——這個時候，才能起床。

「你睡得夠飽嗎？」校門口，一個臉色紅潤的人這麼問大家。

「你今天睡飽了嗎？」見到小朋友，他摸摸他們的頭，好像這樣就能推測睡飽了沒有。

「睡飽了、睡飽了，睡得夠飽了！」

太陽暖暖的，衝進校門的小朋友，每個都這麼說，他們等不及了，急著要到摩天圖書館去看書。

可是摩天輪一樣的圖書館才繞一圈，午餐的鐘聲就響起。

「一上學就吃午餐，好新奇喔！」

睡得飽、吃得好，這樣才能長得高！

為什麼找不到校長這麼在乎要長高？

「『學習』一輩子都有機會，『長高』的機會錯過了，就不會再來。」

睡飽了、吃飽了，就能上課了。

習慣早起的找不到小朋友，好盼望夏天快一點來到，這樣就不必睡得這麼累。

夏天的時候，六點就能上學，到學校把窗戶打開，讓微風把晨霧推進來，再到摩天圖書館去，看一個小時的故事書，享受早起的從容。

但是冬天不行，「要睡飽」！這是找不到校長的規定！

3 寵物日——欣賞、分享也是一種幸福。

　　找不到校長又有新的想法，他要舉辦「寵物日」，在「寵物日」這一天，家裡的「寵物」，也可以上學。

　　寵物日定在每年的「年中央」，也就是一年三百六十五天之中，最

「中間」的那一天。

濃濃的霧裡，校長請大家仔細算一算，「年中央」究竟是哪一天？

「那一天到底是幾月幾日？」搶答最快的，是一年級小朋友，他們沒有算就舉手，講出來的答案全都錯。高年級的大哥哥、大姊姊比較冷靜，低下頭忙著想：有的扳著手指慢慢推，有的在手掌上慢慢算。

「年中央、年中央，年中央到底在哪裡？」中年級的小朋友，急得像熱鍋上的螞蟻，他們沒有低年級的勇氣，也沒有高年級的腦力，所以只能著急的左顧右盼。

濃霧裡的升旗典禮，每個小朋友都在用力想，「年中央」一年的最中央，在五月還是在六月？

第一個算出正確答案的，是一位五年級的大姊姊，她很有信心的舉起手，大聲的說：

「七月二日！」

「耶！七月二日！七月二日！」沒有人說對不對，

中年級的小朋友就快樂得不得了。

「七月二日！」

「七月二日？」

「七月？」

歡呼聲像拋向天空的小石頭，抵達最高峰之後，換個方向又落下來——歡呼變成了嘆息。

「那不是暑假了嗎？」

「大家安靜，不要急！」濃霧裡，找不到校長出聲安撫大家的情緒。

「每年的這一天，就是暑假的『返校日』，大家都要回到學校來。」

校長這麼一說，那一聲輕輕落下來的嘆息，又轉了一個大彎彈了回去，快樂的歡呼聲衝出濃霧團，在山谷裡迴盪。

第一個寵物日來臨了，為了迎接這一天，找不到老師們，早已做好萬全的準備，那就是每個人都帶一副「耳塞」來。

寵物日，一定是充滿了驚喜、尖叫、瘋狂的日子，這樣的日子需要一副好耳塞，才能保護自己的耳朵。

但是事實不是這樣，「寵物日」平靜

得就像暑假裡的每一天，樹葉乾枯以後，落在地上「喀喀」的聲音，像咬碎餅乾一樣清脆又清晰，學校安靜得像一座荒城。

「噓——，不要吵，牠會受到驚嚇。」

三年級的一位女生，帶著她的小貓咪，貓咪像個懂事的小乖乖，跟在小女生身旁。

「你看牠，多漂亮，像不像是中了魔咒的公主。」

同學都來摸摸小花貓，小花貓撒嬌的喵喵叫。

「我這隻巴西龜也是，我也在尋找解藥，牠喝下解藥，就能變回原形。」

「牠的『原形』是什麼？」

「我也不知道，大概是一個漂亮的公主吧！」

阿當帶來的，是一隻舅舅送給他的巴西烏龜。小烏龜在阿當手掌上，小心的伸出頭來，好奇的看著四周。

每個人的音量都盡量縮小、縮小，只要音量稍微大一點，巴西龜就會把頭縮回去。

柯典小聲的跟阿當建議：

「如果他變不回原形，你也可以找巫婆，讓她下咒語，把你變成一隻烏龜，這樣比較快。」

柯典帶著小鸚鵡，小鸚鵡站在他的肩上，威風得不得了。那是爺爺送

給他的。

「不要讓牠受到驚嚇，牠會講話給你聽喔！」

「牠會講什麼話？」

「會講哈囉、你好，還會叫我的名字。」

「牠怎麼這麼聰明啊？」

「你怎麼教牠講話的？」

「好可愛啊！」

鮮黃色的鸚鵡，有時候站在柯典的手指上，有時候靠在柯典的肩膀，像一個依賴媽媽的小孩。

找不到校長看得出來，這份情感是慢慢熬出來的。

他舉辦寵物日，就是希望大家好好愛自己的寵物，不要隨便拋棄牠們。

有人帶著一缸大肚魚，有人帶著變色龍、蜥蜴、山雞、白鵝……，找不到國小的寵物日，不需要耳罩也不會吵鬧，有寵物的帶寵物，沒寵物也沒關係，欣賞、分享也是一種幸福。

寵物日就在每年的年中央，帶寵物來上學，讓寵物看看主人的學校。

「明年是閏年耶！」六年級的大姊姊驚奇的大叫一

聲，嚇壞了許多寵物。

「噓——閏年又怎樣？」六年級的大哥哥，安撫著手中的變色龍。

「閏年的『年中央』有兩天！」大姊姊小聲的說。

「耶～！」這一叫，所有的寵物又嚇了一跳。

4 接不到的球——熱心的拔草先生究竟是誰？

重重山嶺環繞下，在找不到國小打球，是一件麻煩的事。

找不到國小四周都是高山，高山下面就是山谷，所以打球的時候，不能太用力。

那要用多大的力？

用剛剛好的力。

剛剛好的力，是多大的力？

剛剛好的力，是一種很難控制的力。

不管是用手拋或是用腳踢，一用力，

球就飛進山谷裡，再也沒消息。

你也不能不用力，打球不能用力，

就不會有趣。

所以，在找不到國小打球，是一件麻煩的事。

那種力氣，就是剛好讓球從操場的這一端，飛到另外一端，它差一點就要飛進山谷，但是沒有。

「操場那麼小，不必用力，球也飛得出去！」從一年級

開始，阿當就發現了這件事的困難所在。

「所以要用剛剛好的力氣。」長大一點的阿當，終於知道該用多大的力了。

這樣的力氣，每個人都想試一試。但是一試，球就飛進山谷裡。

找不到山的山谷裡，總有一個一個，帶著小朋友的驚叫聲飛出去的球，它們躲藏在山谷裡，想飛，也飛不起來。

然而，球還是要打呀！時間一久，找不到國小的小朋友，便發明了一種打球的方法，既可以盡情的用力，又不必擔心球飛進山谷裡。

那就是把球用力往天空丟去。

在操場的中央，把球往上空推，球落下、往上推、落下、上推，球還是會落到操場上，不必擔心球飛走。用這種方法打球，可以盡情又盡力，立刻受到小朋友的熱愛。

如果從很遠很遠的地方，拿著望遠鏡往找不到山看，就會看到一顆顆不同顏色的球，黃的、橘的、白的、黑白相間的，正上上下下，像馬戲團的小丑在表演拋球一樣，沒有錯，那就是找不到國小的位置。

找不到的小朋友，只能用這種方法打球。但是，用這種方法打球，球還是不見了。

球飛到雲層上去了嗎？

不是。

找不到國小的操場邊、跑道的最外圍，找不到老師細心的為小朋友種了樹木，好為他們擋住可能會飛進山谷去的球。

樹木漸漸的長大，長到比小朋友還要高的時候，除了能擋住球，還能接住小朋友的球，像是張開大手套的捕手一樣。

但是，樹木一年比一年高，

當樹木高過一樓、爬上二樓的時候，麻煩來了——再也沒有人能從樹木的大手套裡，拿出被接殺的球了。

「怎麼辦才好？」

阿當和柯典他們，搬出找不到國小裡，最長的一架木梯，選出找不到國小裡，最長的一根高窗擦。

大家拜託操場上那位忙著拔草的先生，七手八腳的把他推上木梯。

找不到國小裡，最長的木梯上面，有一個伸直身軀的人，他把最長的高窗擦伸到最直——已經快要碰到白雲了，卻還是頂不出卡在樹枝裡的球。

「再高一點、再高一點、再高一點！」

「哇！」

驚歎聲中，球掉了下來，大家感激得不得了。

這個戴著草帽拔草的人是誰？大家忘了問。

然而，樹木愈長愈高，要把球順利頂下來，也愈來愈難。

因為這樣，找不到國小的操場邊，又高又直的樹木上，結出一顆又一顆特別的果實：藍的、橘的、黃的、黑白相間的，什麼顏色都有的球。

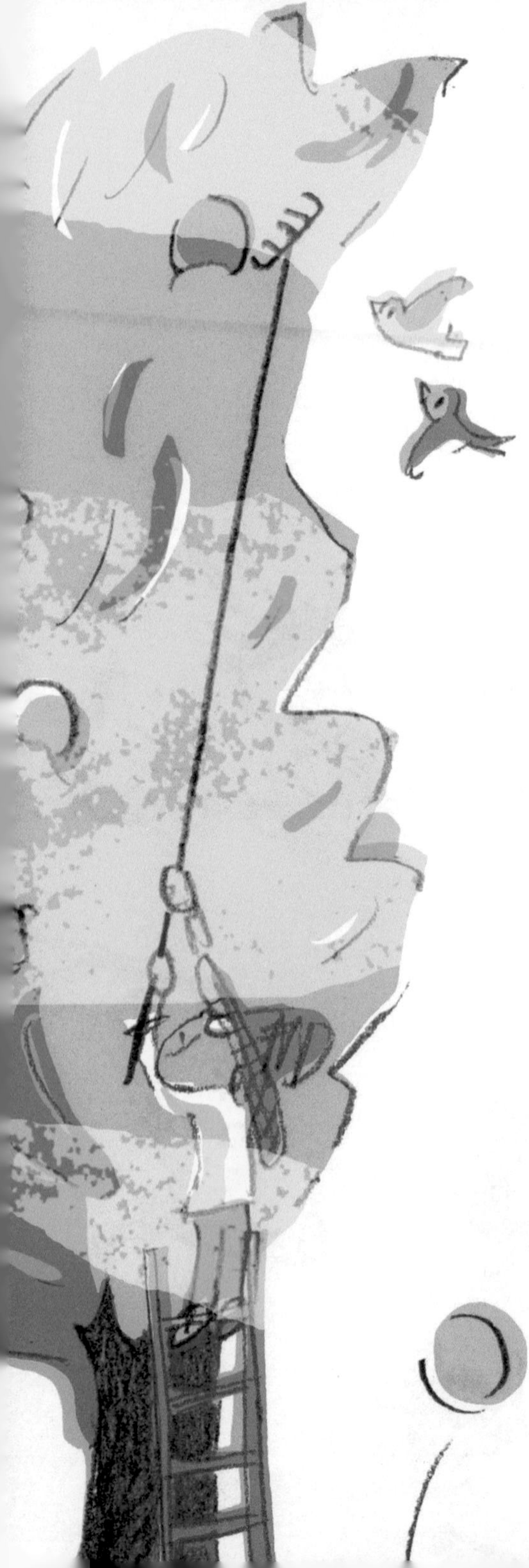

「什麼，球又上樹了！」

「時間來不及了，下節課再來吧！」小朋友像海浪一樣撲向教室，留下了一塊安靜的天地。

拔草的人，總是在這個時候，拿出一把伸縮竹竿，把它拉到最長、最長，去把卡在樹上，那一顆顆彩色的果實，從樹枝上頂下來。

這樣，所有的球都在樹下等小朋友下課了。

「為什麼你們不橫著打？都要往空中拋？」

「這樣才不會掉進山谷哇！」阿當睜大眼睛解釋。

「四周有樹木可以擋住球了啊！」

小朋友睜大眼睛看看操場四周，樹木真的成了又高又密的圍籬。

「對耶，我們怎麼沒有發現？」

現在，找不到操場上，可以打躲避球，可以打排球，可以踢足球，用多大力都沒問題。

找不到操場雖然小，有了這圈圍籬，打什麼球都行！

可是大家還是忘了問，那個在操場邊拔草的人，究竟是誰。

5 校長的廬山真貌
——原來他就是校長！

找不到國小的小朋友，誰也沒有想到過，第一次看見校長的廬山真面目，竟然是在電視裡！

當找不到國小的每間教室，都裝設了一部電視時，並沒有引起很大的驚奇。

誰家沒有電視？誰沒有看過電視？電視進到教室裡的時候，誰也沒有想過，電視要做什麼。

下課時，操場上有灌不完的蟋蟀、打不完的球，慢慢來老師作業改完的時候，還會跟大家一起玩三對三鬥牛，誰會想要看電視？

上課時，口沫橫飛的老師講得津津有味，還有永遠聽不膩的笑話——上課時也用不著電視。

阿當有時候會這麼想：

「放學以後，如果能夠全班留在教室，一起看完卡通再回家，那一定很不錯。」

可是放學的時候，每個人背起放學的書包，向著四面八方散發出去的時候，濃濃的雲霧便立刻包圍了過來，老師不會讓小朋友留在學校裡。

所以電視在教室裡，只能當一面鏡子，像車子上的後視鏡一樣。

開心快樂
我最喜歡的一天

上課的時候，電視照映著同學，下課的時候，電視照映著桌椅。

但是這一天，電視竟然醒了過來！

那一個有霧的早晨，掛在牆壁上的電視，依舊像鏡子一樣靜默無語。

沒有人去動電視，也沒有人按下遙控器，電視自動亮了起來！每個人的眼光，都被吸引了過去。

亮起來的電視裡，
出現一個人影；這個看起來
陌生的人，是這麼的眼熟，
每個人都輕輕的：
「啊！」了一聲。
「我有看過！」
但是，
誰也想不起來他是誰。

「各位小朋友……」這句話從電視裡傳送出來的時候，每個人都想起那一團濃濃的霧，還有濃霧裡傳送出來的聲音。

「校長！」

「是校長！」

他是只見聲音不見人影的校長！

當然還有搜尋速度更快的小朋友，他們想起這個影像是誰了。

「他就是幫我們把球從樹上弄下來的人！」

「對，他就是跟我們打過球的人！」

「還有還有，他就是蹲在樹下拔草的人！」

無數的驚喜歡呼，充滿每一間教室，像是同樂會一樣熱鬧。

「我們終於看到校長了！」

出現在螢幕裡的校長，講了什麼話，沒有人聽進去，只知道那片像鏡子一樣的電視，浮現了校長的影像！

就在每位小朋友的興奮聲裡，電視又暗了下來，回復以往的平靜。

「啊，校長不見了！」

校長在電視裡講了什麼話？校長長什麼樣子？沒有人知道，只知道大家高漲的情緒，久久平靜不下來。

「我看過校長耶！」這件事，讓找不到小朋友的心裡，充滿喜悅。

6 校長獎寫字比賽
——希望得獎的不是我。

一年一次的校長獎寫字比賽又來臨了。

過完農曆年，開學後第三個禮拜三，找不到國小就會舉辦一場比賽。就像找不到山上報春的山櫻花一樣，寫字比賽也帶來春天的消息。

「寫字」是找不到小朋友的基本功夫，寫得端正是基本要求，寫得正確是比賽的基本規則。

從這一場比賽裡，校長要親自選拔一位——而且只能一位，不會再多一位，這位獲選的小朋友，就是校長獎寫字比賽的得獎者。

每位小朋友都摩拳擦掌，要大顯身手；每位老師也都加緊指導，擔心被選上的是自己班上的小朋友。

這是怎麼回事？老師怎麼會怕自己班上的小朋友得獎？

先不管這些，比賽就要開始了，小朋友帶著興奮又緊張的心情進入大教室。

擺好桌子、椅子的大教室裡，全校的小朋友安靜入座。大教室裡一點聲音也沒有，椅子輕輕的拉開，鉛筆盒慢慢的打開，寫字之前要讓心情沉澱下來。

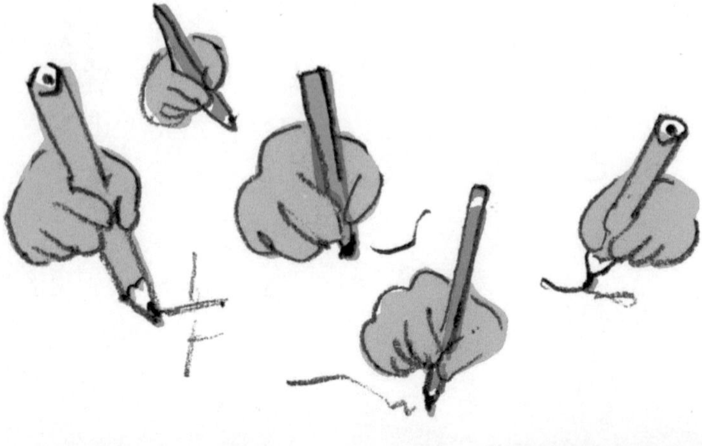

鉛筆磨擦紙張的聲音，是這麼的舒緩，沒有人急著要寫完；一筆一畫慢慢寫，一字一句都要落在格子正中央。

有的小朋友平常就會用心寫，有的總是隨便寫，但是到了比賽前幾天，一定會請爺爺、奶奶幫忙看一看，字寫成這個樣子行不行。

親自主持這項比賽的找不到校長，

打得一手飛快的電腦字，有時候速度太快，還要停下來等一等，讓電腦把他打的字慢慢跳出來。

不打字的時候，校長就蓋印章。校長有一大堆印章可以蓋，大的、小的、方的、圓的、紅的、藍的，校長根本不必動手簽名。

不必寫字的校長，為什麼這麼在乎

「字」寫得漂不漂亮？

因為找不到校長心裡，有一個很大的遺憾，那就是他的字，寫得不怎麼漂亮。

不怎麼漂亮的字，從小就跟著他，小學老師經常跟他說：「你的字，怎麼都像被強風吹過一樣，細瘦無力又凌亂，能不能讓它們回到還沒被風吹過的樣子？」

如果知道長大以後會當校長，他一定會把字練得大大方方、漂漂亮亮。

當校長以後，找不到校長努力練習打字，從「慢打」進步到「會打」，從「會打」再進步到「快打」，如今，他已經達到「超速」的階段，但是他還是覺得遺憾。

一切要提筆來寫的東

西，他都用電腦打字；要提筆簽名的地方，他一定蓋下印章，他以為這樣，就能擺脫「字很醜」的陰影。

每一年，畢業班的小朋友把一本又一本的簽名簿放在校長的茶几上，等著校長親筆題字、親筆簽名的時

候，校長的心裡就矛盾得不得了。

「怎麼辦？怎麼辦？」

找人代寫沒有誠意，親自動手又沒有面子。進退兩難的時候，校長決定了，他要練出一手好字，他還要讓自己的學生，也都寫出一手端正有力的字。

所以，找不到校長舉辦「校長獎寫字比賽」，要幫助小朋友把字寫端正。

讓我們再回到比賽現場，為什麼那個字寫得飛快的六年級大哥哥，正經八百的一筆一畫慢慢寫？為什麼簡單的五十個字，每個人都不會提早交卷？

有人帶著爸爸小時候的墊板、有人帶著姑姑用過的鋼筆，還有人帶著祖傳的小銼刀，鉛筆鈍了，在銼刀上磨一下，保持鉛筆夠尖、線條夠細。

濃濃的霧也飄進禮堂來湊熱鬧，每個人都這麼用心，到底誰會得獎？

緊張的時刻來臨了，找不到小朋友，都在心裡暗自祈禱：「千萬不要是我！」

「這一個學期，獲選的小朋友是——」

「啊——」

好多小朋友摀住耳朵不敢聽——

「六——」校長一個字、一個字的宣布。

「天哪——」一到五年級的小朋友都鬆了一口氣。

「年——級——的——」

六年級的一位大哥哥，得到這一年的「校長獎」，雖然他百般不願意，但是聽完找不到校長的祕密，就心甘情願的練起字來，也許有一天，他也當上了校長，那時候，他的字就會派上用場。

大哥哥的字，總是塞不進格子裡，找不到校長和他一起努力，要寫出橫平豎直、四平八穩的字來。

「我們要練到什麼時候？」

「練到你的字比我的字漂亮。」

「那要多久？」

「很快，只要你想做到。」

找不到校長也希望那一天趕緊來臨，他不必再打字、蓋印章。

7 兒童節禮物——貼心的禮物最實惠。

兒童節就要來臨了，找不到校長不停的想，送什麼禮物給小朋友才好？

鉛筆盒、水壺、小電燈、筆記本、麵包……。

「小朋友最想要的是什麼？」

這個問題，不斷落在找不到校長的腦子裡，就像打在車窗上的雨珠一樣，不管雨刷怎麼擦，還是擦不去。

他遠遠的看著操場上打球的小朋友，他近近的看著排隊洗手的小朋友，小朋友最想要什麼？

「我希望爸爸、媽媽陪我看卡通就好，不要每次我講什麼他們都聽不懂。」中年級的小朋友這麼回答。

「我希望爸爸、媽媽在家陪我，不要出去工作，這就是最好的禮物！」高年級的小朋友這麼說。

找不到校長在濃濃的霧裡，蒐集到珍貴的情報，這些情報夾帶著重要的線索。

找不到校長下定決心，今年的兒童節禮物就是——看卡通！校長要學會「看卡通」。

想好了禮物，就要準備開始，找不到校長算算時間，他要加緊腳步了。

可是啊，找不到校長太忙，他從來沒有看過卡通，一切要怎麼開始？

小朋友都在看什麼卡通？找不到校長在濃濃的霧裡，去請教

小朋友，最近都在看什麼卡通？「葡萄柚巨人」、「公雞蛋塔堡」、「透明機器人」……還有還有，一定要看「烏龍茶葉包」，這齣最好笑！

「我怎麼都沒有聽過？」找不到校長有點懊

惱，但是不能懊惱太久。

找不到校長下班之後，立刻研究卡通，他隨身帶著筆記簿，要為卡通人物寫出關係圖。卡通人物的身世背景、興趣個性、外貌內在，他都要關心。

找不到校長一邊作筆記、一邊還要叮嚀自己：絕對不可以轉臺！

「葡萄柚巨人」是一個懶洋洋的巨人，整天躺在院子裡曬太陽，他喜歡吃葡萄柚，只要吃下一顆葡萄柚，精神體力立刻充沛，任何

困難都能迎刃而解。可是吃太多葡萄柚的時候，又會把事情弄得更糟。

奇異果先生是他的軍師，什麼事都喜歡插一腳，但是常常把事情弄得更複雜，奇異果先生吃下一顆奇異果，葡萄柚巨人就有消耗體力的事可做。

「公雞蛋塔堡」裡面，有一隻大公雞，不知道為什麼，這隻公雞竟然會生蛋，每次生蛋，就被自己做的事嚇得喔喔啼。公雞蛋塔堡裡有一個巫婆，她就是靠公雞蛋維持自己的魔力。

校長一邊看電視，一邊做筆記，心裡還要一邊想：

「他們的小腦袋裡，怎麼能裝下這麼多東西呀？」

「比數學四則運算混合在一起還要難上十倍啊！」

「這個比背課文還要困難五倍！」

「小朋友怎麼記得住這麼複雜的關係？」

找不到校長擦擦額頭上的汗珠，愈是看不懂，愈要拚命看。

堅持到底、永不放棄，這一次兒童節禮物，找不到校長一定要跟小朋友談上一個小時！

8 兒童節那一天——校長當考生，歡迎來提問。

期待著、期待著，找不到小朋友從來沒有這麼期待過，期待兒童節來臨。

每個人都準備了許多題目，抄在紙上、握在手上、放在心上，就是要好好當一次「主考官」。

沒想到，人生第一次當主考官，就是要來考校長，大家對於這個禮物，真是滿意到了極點！

找不到校長準備好了嗎？

時間還沒到，校長還在校長室裡看小抄。

「校長加油！」經過校長室的小朋友，從窗口探頭為找不到校長打氣。

「校長放心，我們不會考太難的。」也有人搖了搖手上密密麻麻的紙條，說不難才怪。

冷靜、冷靜，不能被影響，找不到校長現在需要的是冷靜。

「『文旦柚巨人』，哦不對，是『大白柚巨人』……，怎麼好像怪怪的，啊，是『葡萄柚巨人』才對，常給他帶來麻煩的是『百香果先生』，怎麼又怪怪的？」

不能慌張、不能慌張，時間的腳步一步一步逼近，找不到校長合上筆記本，冷靜的想一想。

「是奇異果先生才對！」

「喝了烏龍茶葉包，就能夠想起一件過去發生的事，可是又會忘記最近發生過的事。」

「玻璃透明機一照到任何東西，那樣東西就會變成透明的，不會讓人發現。」

「葡萄柚巨人如果有困難，可以吃下一顆葡萄柚，但是他又會往上長高一點點……」

準備好了嗎？時間已經進入倒數。

「十、九、八……」

校長一步一步走上臺，他要接受許多主考官的考驗。

「校長加油！校長加油！」

這麼多鼓勵，找不到校長心裡好感動。

「三——二——一！時間到！」

第一個上臺提問的，是位一年級的小朋友。

「請問校長，葡萄柚巨人有一次遇到超級狂

風，超級狂風差一點把他吹走，請問葡萄柚巨人他怎麼辦？」

「這個卡通校長沒有錯過，」找不到校長肯定的說：「葡萄柚巨人拿起葡萄柚，跟超級狂風玩起棒球，超級狂風擔任打擊手，葡萄柚巨人當投手兼守備，最後葡萄柚巨人把狂風接殺出局，超級狂風只好加速離去。」

臺下響起如雷的掌聲，小朋友終於找到一個大人，一個有看卡通的大人了！

第二個提問的小朋友，站上發問臺。

「校長您好，我是五年級的小朋友，我想問的問題是，公雞蛋塔堡的蛋，是什麼蛋做的？謝謝。」

「公雞蛋塔堡的蛋是公雞蛋做的，這隻公雞因為中了巫婆的魔咒，吃太多蛋塔，純蛋做的蛋塔進到公雞肚子裡，又變回一顆顆雞蛋，讓公雞生了下來。」

「好厲害呀！」

「原來校長也知道！」

臺下的小朋友像找到知音一樣，興奮的拍手。

發問的小朋友一個接一個，沒有一個問題難得倒找不到校長。

時間過得飛快，最後一位發問的小朋友上臺了，他的問題會不會難倒校長？

「我是三年級的學生，我想問的問題是，六點半有幾齣卡通？」

這個問題對一個初學者來說，真是困難的問題。

找不到校長在臺上伸出手指，冷靜的數了數，他說：「六點半共有八個卡通節目可以看。」

「答錯了！」發問的小朋友這麼宣布。臺下的小朋友，也為校長緊張起來。校長不慌不忙的又數了一次，他說：「八個沒有錯。」

「不對，只有七個。」

「我把八個卡通都說一次，你看看對不對。」

「適合低年級小朋友看的『嘰咕雞』、『快遞貓咪』、『天使蛋糕』，適合中年級小朋友看的有『葡萄柚巨人』、『公雞蛋塔堡』和『成語故事』，適合高年級小朋友看的『烏龍茶葉包』和『透明機器人』。」

校長一口氣講完八個卡通節目，臺下的小朋友不僅目瞪口呆，更是瘋狂到極點。

「偶像！偶像！偶像！」

校長站在舞臺中央，接受像雷聲一樣的歡呼。原來三年級的小朋友，沒有把「成語故事」算進去。

找不到校長的努力，終於有了收穫，他擦擦額頭上的汗珠，希望明年這個時候，他平時就能準備好，不必臨時抱佛腳。

「『看卡通』這麼困難的工作，你們都能做得這麼好，那麼，再困難的功課，一定也難不倒你們。」

濃霧穿過舞臺，找不到校長鬆了一口氣，看來，今年的禮物，大家都很滿意。

9 上課前的廣播——校長今天有什麼不一樣？

找不到國小的下課時間，就是一節天然的自然課。

夏天的時候，去看一看大樹上的蟬，當牠們在樹上唧唧叫著的時候，也許有機會看見「螳螂捕蟬，黃雀在後」的畫面。

如果能撿到一個蟬的軀殼，那更會像是英雄一樣，被同學崇拜。最幸運的，就是發現獨角仙，那是暑假山谷裡，跑出來休息一下的拓荒者，只有暑假山谷裡才有。

女生常常蹲在跑道邊，老師說如果能找到四葉的酢漿草，就能帶來幸運。

所以就算有近視，也要蹲在草地上，一邊聊天一邊尋找，看能不能找到四顆心合在一起的幸運草。

和校犬來祿在草地上追逐、和同學一起打球，找不到國小裡還有一大堆可以做的事，下課時間永遠不夠。

所以，回教室的時間，就會慢了許多，而且常常愈慢愈多。

「健康是一切的基礎！遊戲讓人健康，下課放心出去玩！」找不到校長鼓勵大家下課盡量去玩。

可是，上課時間慢太多也不行。健康重要，上課也重要！

為了準時上課，找不到校長又有新主意！

「各位同學請注意——」

自從校長第一次出現在電視中之後，就接連不斷發生這類的事：電視自動亮起來，接下來出現的人影，就是找不到校長。校長來提醒大家，該進教室上課了。

大家終於看清楚了，圓潤黝黑的臉龐上，架著一副近視眼鏡，神采奕奕的眼睛，散發慈祥的氣息，兩道濃密的眉毛，緊緊貼在眼睛上方，好脾氣全寫在臉上。

「各位同學請注意，現在已經上課了，請趕緊回到教室上課！」

聽到這句話的人，都已經進教室了，遲到的人永遠看不到這一幕。

「校長今天穿的是藍色的襯衫耶！」

「你們看、你們看，校長今天換了新眼鏡！」

「哇！真的耶，好酷喔！」

「他的眉毛今天飛得比較高喔！」

低年級的小朋友更是興奮，原來校長就在電視裡。一群人圍著電視大喊「校長好！」。

沒有多久，下課在外面玩到忘我、上課還在外流浪的小朋友，也急著回來，加入觀察、討論的行列。

那些抓也抓不膩的蟬、灌也灌不完的蟋蟀，再也比不上校長吸引人。

校長永遠不知道，當他出現在電視中的時候，每個小朋友都在玩「大家來找碴」的遊戲，看看誰能找到今

天的校長，和昨天的校長有什麼不一樣、這一節的校長，和上一節的校長，有什麼不同。

「校長座位後面的櫃子，裡面有一本書不見了！」

「校長昨天理頭髮！」

「你們看，那本書這一節又回來了！」

有了這個遊戲，上課之前，每個人都提早回教室，鐘聲還沒響，先在教室等校長。大家都要看，今天校長有什麼不一樣。低年級的小朋友，更是要守著電視，跟校長行禮。

找不到校長心裡也很開心，因為大家都準時上課了。

「我的廣播真是有效！」

找不到校長，一直都不知道，上課之前的三十秒，小朋友都圍在電視機前，等著校長出現。每個人都把握那短短的時間，要找到最多的不一樣。

10 校長特別獎——有努力就要鼓勵；有鼓勵就會努力。

最近，找不到國小裡，經常有被叫到名字上臺領獎的小朋友，他們總是意外的張大嘴巴，緊張的想：

「真的還是假的？」

他們從來沒有上臺領過獎，也不知道為什麼而上臺領獎。

在臺下鼓掌的小朋友，也忍不住驚訝的張大嘴巴：

「是真的還是假的？」

——「這是真的！」

找不到校長的聲音，從濃濃的霧裡傳送出來，不僅僅好熟悉，還帶著響雷一樣的震撼。

很多人都不相信這是真的。那個經常跌到最後一名的大哥哥，為什麼能上臺領獎？那個成績像海嘯一樣，巨烈振盪的大姊姊，為什麼能得獎？還有那個常常考不及格的中年級男生，為什麼也被叫到臺上去？

一連串的疑問，停留在每張又大又圓的嘴巴裡，每個人的眼睛，發射出來的都是驚嘆號！

校長的聲音，又從濃霧裡傳送出來：

「這是『校長特別獎』，專門獎勵那些特別努力，卻沒有好名次的小朋友。」

這時候，所有的驚嘆號都變成問號：「考五十分也有努力喔？」

「他們真的很努力！」

找不到校長看過找不到小朋友的考卷，發現有一些小朋友很努力的寫，只是最後的答案都不對。

那位高年級的大哥哥，寫考卷的時候，用心的把數學題目讀了又讀，絞盡腦汁要寫出解決的辦法，他還把每一題計算題都仔細的算過了。

他不是加錯一個地方，就是減錯一個地方，才會跟正確答案不一樣。

找不到校長像偵探一樣，仔細看過他的計算過程，那是令人感動的過程。

「有的人學得快，有的人學得慢，怎麼能只獎勵學得最快的人？」

找不到校長把所有的考卷看了又看，只要有一點點蛛絲馬跡，讓他覺得很「用心」，就能得到校長特別頒發的「特別獎」。

低年級的小女生，她的考卷只寫了一半，還沒有寫完。

找不到校長發現，她的字寫得又端正又

漂亮，一定是她寫得慢，所以沒寫完。

「時間再長一點，她一定能寫完。」

「寫得慢不代表她不會，每個人有每個人的速度，不要慌不要亂，事情一定能做好。」

學校很小、人數很少的找不到國小，要在這裡得獎，並不是一件困難的事。只要學得快，考試之前看一看書，就能考出好成績。

可是，還是有人很努力、很努力，依然得不到獎，因為每次考在最前面的，永遠是那幾個。

每次考完試，找不到校長就會拿著放大鏡，仔細檢查考卷，他要給那些特別努力的小朋友一個鼓勵。

他要獎勵那些很努力的小朋友，讓他們知道，有人看見他們的努力，要保持下去，繼續努力！

11「看不見山上」的新生

——回家好好休息，明天再來上學。

每天都有濃霧的找不到國小，每年都有新生來報到。

報到的時候，新生的臉上，都寫滿了興奮——耶！我可以進找不到國小讀書了！濃濃的霧裡，那響亮的聲音，一聽

就知道發自心底。

每次都是聽哥哥說、聽姊姊說，說找不到國小裡，有一大堆好玩的事，每位老師都很和氣，就連找不到校長，也有趣到令人不想下課。

這到底是怎麼回事？他們一定要親自來體驗一下。

但是今年不一樣，今年有一位還沒

有準備好的小新生，他還不知道找不到國小的好，就先進到找不到國小。

上學有多好，他完全不知道。小新生從很遠很遠的那座山，那座高得看不見山頂的「看不見山」來的。

看不見山上雖然也有一所「看不見國小」，但是「看不見國小」人數一直減少，已經面臨要被「廢校」的命運。

所以小新生的爸爸媽媽帶他到找不到國小來，免得還沒有畢業，學校就真的「看不見」了。

陌生的道路、陌生的學校、陌生的同學，小新生每天繞過迢迢山路，看到這些，心裡只有害怕。

他知道害怕最好的表現方法，就是大聲的哭。他一盡情大哭，小朋友就被他嚇得呆在原地，不敢亂動。

「好可怕啊！」

每天早上七點，找不到國小的校門一打開，摩天圖書館才轉起來，那個看不見山上來的小新生，哭鬧的聲音就響遍整座找不到山，在摩天輪上的人都聽得清清楚楚。

找不到校長立刻感覺到校長室也在震動，真是好強力的哭聲啊！

「我不要上學！」小新生的聲音，像炮彈一樣，射向「看不見山」。

「我要回家！」當找不到校長出現在教室門口的時

候，小新生大聲的說。

小新生哭得滿頭大汗，像一隻刺蝟一樣，誰靠近他，誰要安慰他，他就先發脾氣。

「好好好，校長載你回家！」

找不到校長蹲了下來，跟小新生說：

「你只要先跑完三圈操場，再

把自己的名字寫一次，我就帶你回家。」

這個任務看起來不難，小新生最拿手的就是跑操場，他帶著眼淚，跑完三圈操場，又在紙上寫了一次自己的名字，校長就帶他回家

了。

「回家好好休息，明天再來上學。」找不到校長這麼叮嚀小新生。

第二天小新生上學，一進教室，他又用強勁的哭聲，把找不到校長吸引過來。

「我不要上學！」

小新生看到校長來了，馬上知道是救星來了，拉著校長就去跑操場。

小新生經過摩天圖書館的時候，抬起頭看了一下高大的摩天輪；在操場上，他看見了「海浪滑梯」，操場上灌蟋蟀的小朋友，也讓他的眼光多停留了一下。

「今天得跑四圈才行，還要寫好自己的名字和老師的名字。」

看不見山上來的小新生，很快就完成任務。找不到校長又開著他的小車子，送他回到看不見山上。

「回家好好休息，明天再來上學。」

第三天的任務，是搭摩天輪，在摩天圖書館看書。

第四天，去「海浪滑梯」練習溜滑梯。第五天，找不到校長和小新生一起灌蟋蟀……

第六天，濃霧是第六天開始稍微散去的。校園裡沒有聽見震撼的聲音，小新生不吵不鬧，乖乖坐在教室

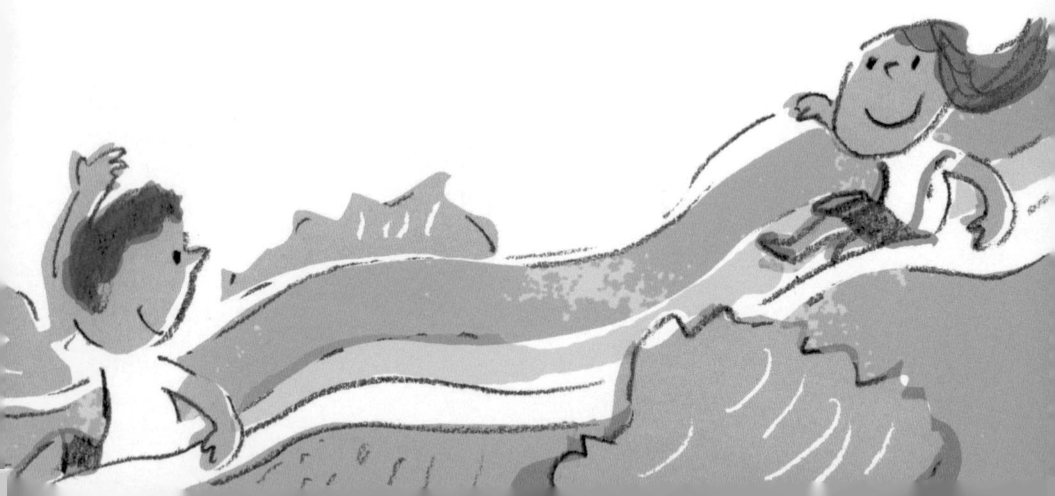

裡，他在等找不到校長來，看看今天有什麼新任務。

第六天放學的時候，小新生還想留在學校裡，他終於發現，找不到國小讓人捨不得離開。爸爸來接他的時候，他還依依不捨不想回家。

「我不要回家！」

小新生換了一種方式，他現在不想回家了。

找不到校長，面對更大的挑戰，他要怎麼辦？

他還是對小新生說同樣一句：

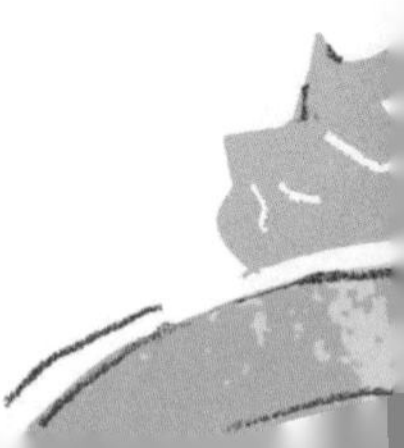

「回家好好休息，明天再來上學！」

找不到校長伸手和小新生「打勾勾、蓋印章」。

小新生乖乖的跟爸爸回家，等著明天早起再到找不到國小來。

12 找不到刷牙時間

——校長不能幫你刷牙，但是想給你一口好牙。

中午十二點二十三分三十秒，鐘聲準時響起，沒有快一秒，也沒有慢一秒，找不到國小的「找不到刷牙預備時間」到了！

這個時間一到，不管你是正要搬餐桶去放的值日生、正在擦黑板的好幫手，還是正在教同學算數學的小老師……，都要趕緊回教室，回到自己的座位，再把牙刷從抽屜裡拿出來——這是「預備時間」該完成的事。

在這九十秒的預備時間裡，還要把牙膏擠在牙刷上，把漱口杯裝好水，在長長的洗手檯旁邊，找一個習慣的位置站好。

深呼吸，不要急，靜靜等待「找不到刷牙時間」正式來臨。

十二點二十五分，鐘聲輕輕的「噹！」了一聲。

刷牙的音樂在這個時候響起，全校動作一致一起刷牙。配合著輕快的旋律，節奏要比跳大會操還要整齊。下排牙齒，左邊先來，換邊的時候，全校動作整齊，沒有人會搶了拍子。

全校上上下下、老老少少，都在這個時間一起刷牙。

就像早餐店關門前的洗洗刷刷一樣，每個人都在認真的刷。

千萬不要在這個時候打電話給校長，因為他滿嘴泡泡，不方便講

電話。也不要在這個時間打電話到辦公室，老師們都去刷牙，沒有人能接電話。教室裡面同樣一個人也沒有，不管你是腳痛、手受傷，還是咳嗽、喉嚨沙啞，完全沒有藉口，統統都要去刷牙。

全校都在用心的刷，一邊數拍子，一邊數數自己有幾顆牙。

低年級的小朋友刷牙比較麻煩，有些人只剩幾顆牙可刷，有些人嘴裡有搖搖欲墜的小乳牙，刷起來還會有點痛。

找不到校長告訴大家，不管有牙沒牙，一定都要仔細的刷。

「健康是一切的基礎，沒有了健康，一切都是空談！健康的牙齒才有健康的腸胃，健康的腸胃才有健康的身體。」

「校長最在意的，就是能擁有一口好牙。從小養成刷牙習慣，不要提早戴假牙。」

找不到校長，就是很早戴起假牙的人。等他覺得牙齒很重要的時候，真牙已經離開他，再怎麼刷，也刷不出一口真牙。

這是找不到校長藏在心裡的祕密，他一直沒有告訴小朋友，但是他希望每位小朋友都能有一口好牙。

十二點二十八分，找不到刷牙時間準時結束，剩下兩分鐘的時間，校長會親自去檢查，欣賞小朋友刷得乾乾淨淨的牙齒。

缺了門牙，講話有點漏風的低年級小朋友，他們最勇敢，不管有牙沒牙，都會很驕傲的展示。

在那又白又亮，還有一點歪歪斜斜的牙齒裡，找不到校長好像就看到了希望。

「一口好牙，就是校長送你們的禮物。」

中午十二點二十五分，千萬不要打電話到找不到國小來，濃濃的霧裡，這是全校一起的刷牙時間，

不管年齡大小，不分男女老少，只要是這個時間在找不到國小，記得一定要拿出牙刷，找一個洗手檯站好，時間一到，這場盛大的刷牙典禮，就會準時開始。

這是找不到國小的驕傲，牙齒為主人辛苦工作，這個時間，主人也要為牙齒，做一點延年益壽的工作。

找不到刷牙時間，不刷牙的人，請不要這個時間進到學校來。

13 又愛又怕的體育課——什麼課都能改成體育課！

「找不到國小的小朋友，你最喜歡上的是什麼課？」

如果你到找不到山上來，隨便找一位穿著「找不到」運動服的「找不到小朋友」問這個問題，得到的答案

一定是——

「體育課！」

對，就是體育課！上體育課時，打躲避球、打棒球、打籃球、踢足球，都是快樂的事。就算不打球，跑步、做體操、吊單槓、丟鉛球也是有趣的事，流汗之後再大口大口的喝水，體育課是大家最愛的課。

「健康是一切的基礎……」找不到校長還沒說完，找不到小朋友立刻接住：

「沒有了健康，一切都是空談！」

「對！健康，就從運動做起。要運動，我們就要每天好好的上體育課！」

濃濃的晨霧裡，找不到校長的決定，像一場美麗的流星雨，每個小朋友都把頭抬了起來，趕緊許下心願，讓這

件事成真！

「每天都上體育課！」

可是每個禮拜只有兩節體育課啊！

「校長讓各班自己選擇，看看要把什麼課改成體育課？」

「數學！數學！拿數學課去上體育課！」

六年級的大哥哥、大姊姊，常常擱

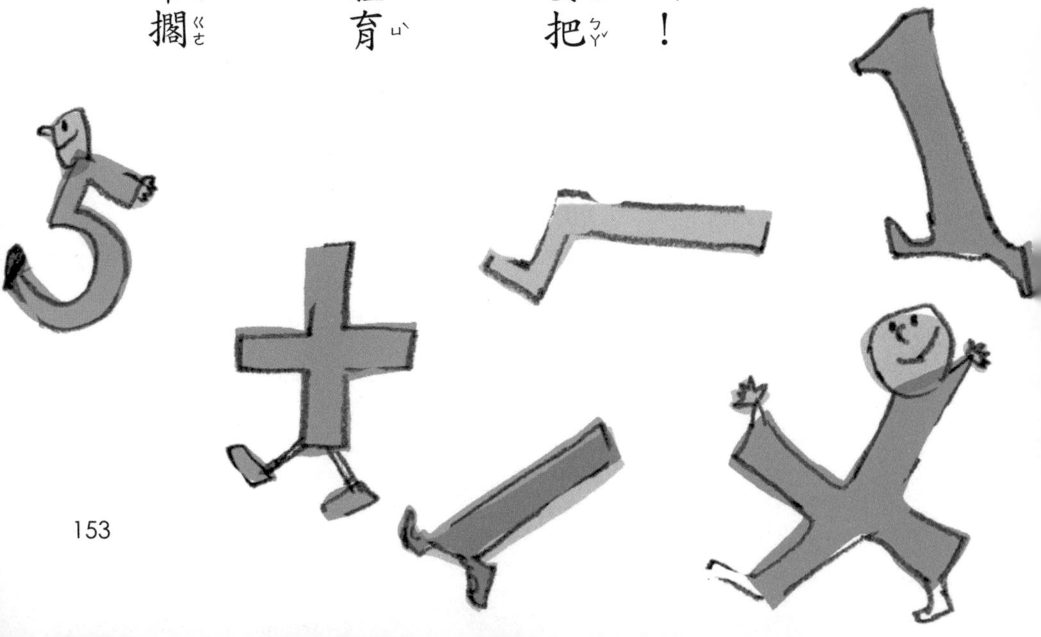

淺在聽也聽不懂的數學課裡，進退不得，覺得好無聊。所以校長宣布這個消息，每個人都把數學課推出來。

「最好所有的數學課都來上體育！」

找不到校長支持這個想法，枯燥的數學課早就該丟掉了，找不到校長要親自帶六年級小朋友去上體育課！

上體育，先做暖身操，再跑兩圈操場。

接下來的任務就是集合。大家都很興奮，找不到校長會親自上體育。

「你跑一步大約幾公分？」這個問題，問得大家回答不出來。

「一圈操場，你要跑幾步？」這個問題更沒有人知道答案。

「所以，找不到國小的操場，一圈大約幾公尺？」

天哪！體育課怎麼變成這樣？

找不到校長給每個人一支二十公分的尺，體育課就正式開始。

有的人拿著尺，有的人拿著樹枝當成筆，在地上畫了線。

「跑一步不準，多跑幾步求平均，量起來比較準。」

「『平均』？怎麼求啊？」

沒有關係，找不到校長會教你：「『平均』就是……」

有的人跑了二十幾步才停下來，太遠了，尺不夠長，只好再重來。

有的人已經在操場上跑步了，有的跑到一半忘了數；有的跑回終點，只記得是三十五，忘了是幾百，只好又重來。

還有還有，找不到校長說，多跑幾圈求「平均」，這樣更正確。

時間一分一秒過去，操場也跑了好幾圈，每個人都想得滿頭大汗。每天躺在它肚子裡，它的腰圍到底有多少，怎麼都沒有人知道？

每天一節體育課，算完了腰圍算直徑，算完了直徑算面積……。五年級的小朋友還要算速率，算出朋友走路的速率、跑步的速率。

找不到校長還是這麼說：「多做幾次求『平均』，才會更準確……。」

「平均」就要多做幾次！

速率問題、種樹問題、影子問題……。

找不到國小的體育課，什麼道具都有：大尺、小尺、繩子、樹枝，每個上體育課的小朋友，都上得忘了下課。

日子一久也沒有人計較這麼多，不管什麼課，先跑兩圈操場再說。

「上課囉！」

低年級的小朋友，站在通頂階梯旁，等老師來出題目。高年級的小朋友，在球場上等找不到校長來，只要他說完題目，體育課馬上開始。

不管什麼課，先跑兩圈操場再說。最好國語、鄉土語也都改成體育課，再加上英語也不怕！

14 午餐吃什麼——吃飯不難，寫菜單才難。

找不到國小裡，最高的地方，有一棟小屋子，小屋子四周裝著綠色的紗窗，紅色的屋頂上，豎著一管白色煙囪。

霧很濃的時候，看不出煙囪有沒有冒煙，但是煙囪裡冒出香氣的時候，就是午餐時間快到了。

「午餐吃什麼？」

找不到國小的菜單老師，每個月都在為菜單頭痛。要好吃、要營養、要新鮮、要健康、要變化多端，還要價格

合理，寫菜單比寫考卷還難。

更令人傷腦筋的是，每天掀開菜盒的時候，已經聽不到歡呼。寫菜單的老師，想不出讓人歡呼的菜單了！

「健康是一切的基礎，沒有了健康，一切都是空談！」找不到校長永遠這麼堅持。

「好菜單才能好健康！」

好菜單到底在哪裡？寫菜單的老師，每天掀開菜盒

的時候，也開心不起來。

找不到校長想出一個辦法，他決定把這件困難的事，交給小朋友來做，順便讓小朋友知道，要寫出一份好菜單，有多麼不簡單。

第一個上場的，當然是六年級的大哥哥、大姊姊。

他們信心滿滿，相信一定能寫出一份從一年級滿意到六年級的菜單。

他們聚集在教室裡，在教室的大桌子旁商量。

時間就在絞盡腦汁、熱烈辯論、小聲討論、大力說服之下，一分一秒的過去，好不容易寫好一份菜單。

三月的午餐，端出第一份小朋友設計的菜單。

「哇！」

三月的第一天，掀開菜盒，全校一致的瘋狂尖叫，設計菜單的小朋友滿意極了。

這份菜單看起來簡單，卻美味極了，星期一到星期五輪流是：豬肉漢堡、花枝漢堡、鮮蝦漢堡、鱈魚漢堡、卡啦雞腿漢堡。

除了漢堡，還有蔬菜，分別是：薯條、薯塊、薯餅、薯球。唯一沒有改變的，是湯，整個三月，都喝玉米濃湯！

第二天的歡呼依舊，大家一邊吃，一邊讚美，說這是世界上最棒的午餐！找不到午

餐，恢復旺盛的活力。

多麼美味的午餐哪！第三天、第四天，每個人都在期待午餐時刻降臨。

第五天，歡呼的聲音減弱了，很多人開始猶豫，還要不要歡呼。

第二個禮拜，當豬肉漢堡

第二次出現的時候，大家再也開心不起來了。

「怎麼又是——」

「又是漢堡！」

開始有人吃不完一份午餐，也有人開始祈禱，明天不要再是漢堡。

「我們還要這樣吃多久？」

五年級小朋友看出這個月菜單的缺點。

「太多油炸食品，太多重複，要改進這些缺點。」

五年級小朋友聚集在一起，他們共同研究、一起回想、創造變化，拋開一成不變，他們要每天不一樣！端上來了，端上來了！美妙的歡呼聲又來了，天天都不一樣：肉骨茶泡麵、鍋燒泡麵、炒泡麵、乾拌泡麵、泡麵羹、鮮蝦米粉、當歸鴨麵線……。

五年級的小朋友厲害，菜單天天不一樣，還避開油炸食物，添加青菜豆腐。

這份菜單一上來，就受到很大的肯定。

「最好連晚餐都能在學校吃！」

第二天、第三天，午餐都沉浸在歡樂的氣氛裡；第五天、第六天，歡樂還在，只是有點膩。第六天，有人看到泡麵就沒胃口。

「我們寧可吃老師開的菜單！」這句話像種子冒出頭來的小芽，讓人又驚又喜。

四年級的小朋友，還沒開始寫菜單，就先用心的觀察，他們的目標是要寫出一份吃不膩的菜單。

來了來了，期待之中，他們的菜單也端出來了。

火腿蛋炒飯、蚵仔麵線、小火鍋、蚵仔煎、臭豆腐、可麗餅……

五月的找不到國小午餐，進入夜市風味，餐餐都有不一樣的小吃，令人百吃不厭。

可是百吃不厭裡，還是有抱怨的聲音爆裂開來。

「炒飯裡都是蔥！」

「泡菜好辣！」

「我不敢吃蚵仔！」

「我沒有吃飽！」

「吃飽馬上又餓了！」

吵吵鬧鬧之中，終於又過了一個月。

「三年級的小朋友，該你們開菜單囉！」

當找不到校長，邀請三年級小朋友開菜單時，三年級的小朋友我看看你、你看看我，他們同時搖搖頭。

「我們要吃老師開的菜單！」

菜單老師恢復無比的信心和勇氣。原來她開的菜單，還是有人欣賞。

這一年的五月，吃完了四年級的「夜市風」，終於可以回到老師的菜單。

「哇！」歡呼聲又回來了。「這才是我們習慣的『找不到菜單』！」

15 校長的畢業旅行

——校長還會回到找不到國小嗎？

時間過得好快，全新的找不到校長，來到老舊的找不到國小，一轉眼，就是四年過去，找不到校長再也不新了。

校長不像老師，可以永遠不離

開，校長跟學生一樣，時間一到就要換一所學校，不能永遠不畢業。

只有四年，找不到校長就要從找不到國小畢業了。

既然要畢業，校長也為自己辦一場畢業旅行。找不到校長騎著單車，先去看一看每年馬拉松比賽時，那一棵掛著「抵達卡」的老松樹。

一路上，有人踩著單車，有人拄著手杖，一邊運動一邊詢問，他們在尋找傳說中的找不到國小。

經過大家的口耳相傳，找不到國小愈來愈不難找，加上地圖奶奶的穿針引線，讓找不到國小更加好找。

那被風吹倒的路標又重新站了起來，盡責的告訴每一位上山的遊客，找不到國

小在哪一條岔路上。

來到蒼勁的老松樹下，微風輕輕吹
來，特別涼爽舒暢。老松樹早就擺好了
照相的姿勢，等著和找不到校長
合拍一張照片。

一朵油桐花落了下來，好像
在跟找不到校長道別。

找不到入口街，是找不到山

上活力四射的地方，這一條老街上，每一個商店他都熟悉，離開之前，當然也要去說一聲「再見」。

什麼時候會再見？山霧太濃，路太難找，明年的路標也許又被風吹倒，下一次再來找不到國小，依然能這麼順利就找到嗎？

繡花婆婆、萬能叔叔、百年中藥店，離開之前，當然要去王老闆的眼鏡鋪配一副眼鏡，再讓快刀飛燕阿姨剪一剪頭髮。

天色暗了下來，找不到校長騎著單車回到找不到國小，他要看一看夜色來臨的時候，濃霧怎麼聚在一起；看一看天快亮起來的時候，找不到山是怎麼醒過來的。

老舊又斑駁的找不到國小招牌，在風吹日曬雨打的磨練下，呈現出年代久遠的溫和，讓人更加想親近它，找不到校長當然也要跟它來一張合照。

遠遠看著慢慢來老師上課，校犬來祿在校園裡快樂的跳躍，四年裡的每一天，好像都一樣，可是仔細想一

找不到國小

想，沒有一天一樣。

濃濃的霧裡，又一朵白色的桐花落了下來。

收藏起來，夾在書頁裡，每一位找不到小朋友的笑容，都是找不到校長心扉中，美麗的回憶。

後記

校長有多恐怖？

每次在找不到山上剪頭髮，都是一次心驚膽顫的任務，但是我還蠻喜歡這種感覺。

快刀黑燕姨會在我還沒把意見講完的時候，就讓頭髮一撮撮落了地，一切都不必說了。

凌厲的刀法，像千軍萬馬在我頭頂上奔騰，沒有鏡子、沒有設計、不聽建議，刀劍交鋒之後，頭頂會變成什麼樣子？是被夷為平地？還是削出一片山脊？

每個坐在快刀黑燕姨椅子上的人，都是這樣提心吊膽的。快刀黑燕姨一定從來沒有想過，讓人害怕的她，也有坐立難安的時候。

新校長聽說了快刀黑燕姨的技術，也想來改頭換面、換一個新的造型。

「你一定不相信，我聽到那四個字，就像天搖地動一樣，只想往外逃。」

「哪四個字啊？」我好奇的問。

「校長來了！」

我差點大笑起來，但是不行，我必須把笑意忍住，因為仰頭一笑，我的頭髮會變成什麼樣子，就不是她可以掌控的了。

「校長？為什麼妳會怕成這樣？」

「不知道，從小養成的習慣吧。」

「害怕也會成為習慣？」

黑燕阿姨大概知道我很難體會，所以又補充了一句：

「就像老鼠會怕貓一樣，這就是天性。」

快刀黑燕阿姨還說，小時候，老師總是警告他們：「再不聽話，就把你們送進校長室！」

「唉，看來妳真是『一朝被蛇咬，十年怕草繩』。」

「不是只有我這個樣子，地圖奶奶一聽到『校長』兩個字，馬上就忘了東西南北。」

快刀黑燕姨一定被校長嚇糊塗了，地圖奶奶本來就分不清東西南北的啊！

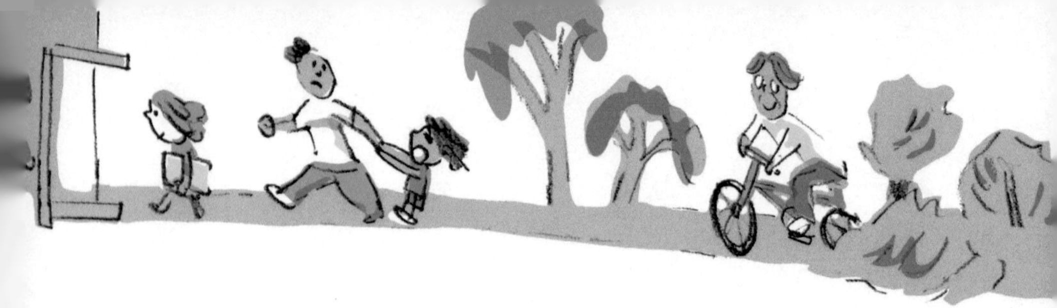

校長真的這麼恐怖嗎？

「不會啊！」找不到山上的小朋友都這麼說。

「校長講話很溫和，不像導護老師那樣，兇巴巴的……」

「而且溫和到有催眠的作用……」

「聽久了就會睡著……」

「還有還有，」找不到山上的小朋友一再強調的是：「校長一點也不恐怖，如果你有一張和校長的合照，就代表你是很棒的孩子……」

當初，快刀黑燕姨如果也有一張合照，她心裡的校長，就不會這麼恐怖了。

閱讀123